君比閱讀廊

漫畫少女偵探

5

神秘的13B小巴

君比 著

山邊出版社有限公司

目錄 contents

序一

首先不得不提的事，就是要一再感謝君比姨姨，給我這個小讀者一個難能可貴的機會去為她的新書撰寫序言，我覺得好幸福啊！

從前，我不喜歡看偵探小說，偵探小說也不想我看它，我們河水不犯井水，直至我在圖書館遇見《漫畫少女偵探》一書，令我萌生對它的興趣……唉唷，我還是廢話少說了，入正題吧。我以驚人的速度，把書極速看完後，感到當中有一股引力吸引着我。君比姨姨另一套作品《成長路上系列》也在我的「被吸引範圍」內呢！後來，君比姨姨到訪我校（可惜我沒有帶書給她簽名……），我便成為一個正宗的小書迷啦。

在這系列裏，我非常欣賞小柔的破案精神。這一集講述小柔和一個名叫巧巧的女孩恰巧一起乘搭同一輛小巴，其後發現自己的記憶喪失了，小柔甚至忘記了自己曾乘搭小巴。一連串的考驗連綿不斷地出現。一趟小巴，能穿越到另一個時空?!真是讓人百思不得其解呢！你絕對不會想到幕後黑手的身分！

最後，我再次感謝君比姨姨，令我了解到閱讀偵探小說的樂趣。原來，從一開始沒有線索，到最後水落石出，這破案過程真的很奇妙。我不阻大家時間了，趕快翻開這本書吧！

啟基學校
五年級學生
陳曼琪

序二

首先，十分感謝君比老師給我這個寶貴的機會，為《漫畫少女偵探5》寫序言。

還記得第一次接觸君比老師的書是《叛逆歲月》，由於書中的角色令我感同身受，因而開始追看君比老師的作品。此後，每當知道君比老師有新書上架，我都會迫不及待地去購買，並一口氣看完。

在君比老師出版的眾多書籍裏，我最喜歡看的就是《漫畫少女偵探系列》，而我最喜愛的人物便是女主角張小柔，她那撲朔迷離的身世讓我感到非常好奇，天下間竟然有人和另一人有着一模一樣的樣子，而且有着和漫畫情節相似的經歷！真是令人驚訝萬分！

本集記述了有一天，張小柔在13B小巴被神秘人偷走了幾小時的記憶，與她一起失憶的還有另一中學的女孩。為取回失去的記憶，小柔和宋基不惜跟蹤神秘人，並展開了一段尋找消失記憶的路。途中發現了什麼事情？那就要由讀者們繼續閱讀下去了！

聖公會基顯小學
六年級學生
黃雅靖

序三

這次，君比老師用了一個玄幻的故事，緊湊的情節，讓讀者產生代入感，令讀者更能深切體會到故事中道理。這一點也是這一本書最引人入勝的地方：故事背景雖然是天馬行空，但內容卻不脱離現實，帶出的意思和道理有警醒的作用。

這本書中小柔和巧巧的經歷，可説是大難不死。誰會想到，有人會運用穿越時空的方式來尋找適合的人體器官來做黑市買賣呢？其實，她們的經歷正正反映並諷刺着現今的社會情況：很少人願意捐出器官，但卻有很多人在器官輪候冊上等着。在現實世界中，也的確有黑市器官買賣。

宋基的話也讓人發人深省：若金錢吞噬人的良心的現象越來越嚴重，這個世界會變成什麼樣子呢？可能到時候，本來有利於世人的技術和科研，都會被不安好心的人利用，變成害人了。

在我心目中，這本書的內容看似簡單，但卻能引領讀者作深刻反思，意義非凡。我相信，看過這本書的讀者們一定獲益良多。

基督教女青年會
丘佐榮中學中六學生
李淑怡

序 四

首先，我想向君比老師說謝謝，因為她給了我寫序的機會。其實，我一直都很喜歡《漫畫少女偵探》這個系列，我特別喜歡的是當中揭開真相的方法和行動。而且我也是君比老師的忠實粉絲，從我已經參加她的寫作班兩年就可知。

君比老師寫的小說的內容不但感人肺腑，而且使我看得彷彿進入了小說故事當中，令我每次都看不停手呢！《漫畫少女偵探5》中講述了偵探少女小柔、巧巧和來自不同年代的宋基一起乘坐了一輛神奇的小巴，去了二〇三〇年，目的是揭開13B小巴的謎底。這個故事裏有一個情節令我印象深刻：小柔和巧巧因為緣分的關係而再次見面。

在看到原來13B小巴是可以穿梭時空時，我感到非常驚訝，想不到竟然普普通通的小巴可以做到那麼神奇的事情。

我極力推薦這套書，因為它充滿了神秘的謎案，讓你感到自己也是一個偵探，和書中角色一起揭開真相。現在就加入小柔他們，一起查案吧！

保良局香港道教聯合會
圓玄小學六年級學生
薛乙澄

一 聯想到是一對

「小柔，你有否想過，或許你也有穿越時空的能力，只是你不自知呢？」

「怎有可能？你帶着我幾次穿梭時空，我都是被動的一個，而且，若果我曾經穿越時空，為什麼我可以全無記憶？我又不是七老八十！還有，如果我曾穿越時空，我怎會不告訴我爸爸？我和爸爸感情這麼好，我們之間是全無秘密的。你也看見，上次他跟我們一起穿越，驚訝得無與倫比，如果他女兒我也曾穿越，他又怎會有驚訝的感覺？」小柔想着想着，列點反駁他的提出。

「你也說得有道理。Uncle跟我們穿越時的驚訝反應看來並非裝出來的。」宋基道：「剛才我只是突然想到，如果你曾穿越，在七〇年代和竹山勁太相遇，便能合理解釋這一切了。」

小柔輕吁了一口氣，低頭看看手上的相片。

相片背景是盛夏的海灘，陽光按摩着兩人年輕的肌膚，大家有着一致的、燦麗的笑容。雖然沒有拖手搭肩或任何身體的接觸，但旁人一看，該會聯想到他倆是一對。

「小柔，你反轉相片給我看看吧！」視像通話中的宋基突然道。

「剛才你不是看過相片後的字了嗎？」

「我想再看一次。」他道。

小柔把相片反轉，後面以黑色原子筆寫下的幾個字，是剛勁有力的中文字：

「竹山勁太和藍天，攝於一九七四年」

「對了！竹山勁太是日本人，雖然他會說中文，但未必會寫中文，這樣漂亮的一手中文字，一定不是出自他的手筆。」宋基提出了這一點。

「也不是出自我的手筆呢！」小柔道：「就算我真的曾經穿越時空回去

一九七四年。」

「那麼，他一定是認識一些懂中文的朋友。」宋基道。

「他的太太便是中國籍，不過，他是否很年輕便認識他太太，我則不知道。」

「小柔，你可否把相片放近鏡頭，我想看清楚。」宋基道。

小柔索性把相片蓋着臉，問道：「這樣，你可以看個清楚了吧？」

「可以了！我還看得出，字跡該是出自一個女性的手筆。女孩的字體會比較小，線條幼細。我認為，寫這些字的，有九成機會是個女孩。小柔，你有沒有那竹山太太的信件，可以對照一下？」

「我沒有呢！當天，竹山太太是在醫院碰見莫老師，托她把相片交給我。相片是放在一個白信封裏，信封面和底都沒有字。更可惜的是，連竹山太太也留院了，她是因心臟病發而被送院接受手術，至今仍未蘇醒。我嘛，在她健康無恙時，遲遲不去找她，錯失了問個究竟的機會。現在就只好自行尋找答案了。」

「就讓我陪伴你一起尋找吧！」宋基微笑道。

二 被偷去的記憶

今年的學校旅行地點是西貢郊野公園，燒烤幾乎是「指定動作」。

「小柔，怎麼你只是一味的燒，而丁點也不吃呢？」王梓邊撕吃着一塊剛燒熟的牛扒，邊問她道。

「我吃過了，只是不像你們般吃得像焚化爐一樣。」小柔笑道：「看呀！我這兩塊蜜汁豬扒熟而沒有焦，誰要吃？」

「請問——」

小柔身旁響起了一把陌生的女孩聲音。

那是個跟她年紀相若的女孩子。小柔見她穿着另一中學的運動服，遂問道：

「你想向我們借東西嗎？要借蜜糖還是炭精？」

「不！我不是要借那些，我——我只想借用你點點時間。」女孩一雙大眼眨了眨，雙手合十，道：「只要十分鐘，十分鐘便夠了。」

「不好意思！我認識你嗎？」小柔問。

「你對我可能沒印象，但我對你有很深的印象。」女孩道：「給我十分鐘，讓我們單獨談一談吧！」

小柔看進她的眼裏，感覺不到她有任何惡意，反而對她很好奇，遂道：「好！我跟你談一會兒。」

「要不要我們陪你一道去？」宋基和王梓不約而同站起來問道。

「不用了！我又不是會去什麼危險的地方。」小柔回道。

「好！我們走吧！」女孩微笑着拉起小柔的手，彷彿她們是一對親密的姊妹。

「你對我完全沒有印象？」女孩邊走邊問道。

「我該對你有印象嗎？」小柔反問她。

兩人走離燒烤場，到了一處較寧靜的空地。

女孩一個轉身，面向小柔，披散的細頭髮在風中輕盈地飄動。

「我和你該有一些共同經歷。」女孩收歛起笑容，道。

「共同經歷？」小柔有些愕然。「是什麼時候的事？我完全沒有記憶呢！」

「就在去年暑假。」女孩伸手撥開輕拂她面頰的髮絲，平靜地道。

「只是幾個月前的事?!」小柔吞了一口涎，按着心房，道：「我對你一點印象也沒有。」

但是，女孩的神情嚴肅，絕不像是在虛構故事。

「沒關係！我們的緣分未斷，總有機會再次走在一起，做人要惜緣。」女孩稚嫩的臉配上一番成熟世故的話，顯得格格不入。

「你叫什麼名字？」小柔問。

「巧巧。」她回道：「但其實，你由始至終都不知道我的名字。」

「我倆究竟是在什麼地方認識的呢？」小柔問。

「在13B小巴上。」巧巧道。

「13B小巴？是什麼路線的小巴？我有乘搭過嗎？」小柔搜索枯腸都沒有答案。

「有。13B小巴總站是在詩源道和利比路交界。」巧巧徐徐地交代了小巴的地點。「我當天是最後一個上小巴的，上了車才知道只能以現金付車資，而我只有

八達通，沒有現金，在司機要求我下車時，你大方地替我繳付了車資。我坐到你身旁的空位，問你要聯絡電話，想之後歸還車資給你，你說不用歸還了，還熱情地跟我閒聊起來。」

「奇怪！我對那次會面連零碎的片段也沒有，仿如記憶檔被沖洗去了！」小柔皺着眉，狀甚苦惱地道。「之後如何呢？我們可有聯絡過？」

「沒有。」巧巧搖了搖頭。「之後發生的事，我也是記憶一片空白。我只記得，那個下午，天色陰暗，不停下着雨。在我們傾談的時候，外面好像有幾下閃電，然後，我的記憶就仿如被偷去了。我怎也記不起我在哪個站下了小巴，我只記得，自己模模糊糊醒來時竟是在一間快餐店。坐在我對面的一個姨姨說，她見我伏在餐桌上已大半個小時，以為我只是倦極入睡。究竟之前我是如何由小巴轉到了快餐店，我至今都不清楚。那部小巴上的乘客，我就只記得你一個。我以為，只要在茫茫人海裏遇到你，我便會清楚當天究竟發生了什麼事。」

小柔聽了後，整個人呆住了。

「你……巧巧你失去一段記憶的那一天，是否七月二十一日？」她問。

「是啊！」巧巧點了點頭。

「那一天，我也喪失了幾小時的記憶！我甚至連上了13B小巴的印象也沒有。我只記得，那個下着雨的下午，我要去參加一個在港島區舉行的徵文比賽。我在家附近上了一部過海的巴士，我好像是沉沉睡去，醒來時，我竟然躺了在一個屋邨的休憩區長櫈上！」

「原來你也曾經歷類似的『斷片』情形?!」巧巧兩手掩面，驚道：「我還以為我是唯一的一個！」

「我身上沒有明顯的傷痕，也沒有財物損失，新手機完好無缺的在我的背囊裏。如果是遇上了迷暈黨，沒可能不偷走我錢包裏的四百元和手機！」

「你可有告訴你家人或朋友呢？」巧巧問道。

「沒有。因為那段時間，我姑媽因肝癌末期而住進了醫院，爸爸每天下班後都趕到醫院探望她，我……不想為他增添麻煩。七月尾，我的好朋友參加了遊學團和外地集訓，不在香港，所以，此事至今都是我的小秘密，一個沒法解開的謎團。而我當天失去的記憶比你更多，我連乘搭過13B小巴也記不起！」小柔蹙着眉道：「你呢？有沒有告訴別人此事？」

「沒有。」巧巧淡淡一笑，道：「我找不到聽眾。」

「你——家人呢？他們也有自己的煩惱？」小柔試着問。

「那時，我剛搬到兒童之家居住，和家長只是認識了幾天，和舍友又不熟，這樣奇怪的事，我不知道可以跟誰說，反正我和你一樣，沒有受傷，也沒有財物損失，最後，我沒有跟任何人說過此事，直至今天早上，緣分安排我在這兒見到你。幸好，我牢牢記住了你的樣貌，縱使大半年沒見，重遇你，我還是一眼便認得出。再次跟你面對面，看到你左耳珠上的心形胎記，令我更確定自己絕對沒有認錯人。既然我倆有相同的奇怪經歷，你——有沒有興趣和我一起追查真相？」

三 在茶餐廳的會議

「發生了這樣的事，你竟然完全不跟我說？」張進聽了小柔的敍述，激動得一手拍在茶餐廳的玻璃桌上，令杯碟震了一震，也引來附近食客的注目。

「爸爸，你稍安無躁！其實，那段時間，姑媽已到了癌症末期，生命危在旦夕，我見你每天都愁眉深鎖，就算笑，都是強顏歡笑，我覺得，告訴你是徒增添你的煩惱，若是報警，我又沒有財物損失或受傷，整件事實在難以令

人置信，警方只會認為我是精神病患，有妄想症！」小柔解釋道。

「小柔說得有道理。」宋基道：「事件有些撲朔迷離，又沒有證人或目擊者，警方該不會受理。小柔是個孝順又體諒他人的女孩，見你為患癌親人而憂心忡忡，不想加重你的心理負擔而已。現在機緣巧合遇上有同樣遭遇的巧巧，希望查清楚事件的真相，我覺得我們有必要挺身而出，助她們一把。Uncle，你這麼疼錫小柔，應該同意吧？」

經宋基這樣一說，張進當然是十萬個同意了。

「讓我們集齊所有資料，分析一下吧！」王梓先問小柔：「七月二十一日那天，你大概什麼時候出門？」

「那徵文比賽在下午二時四十五分舉行，我當天該是在一時十五分出門，乘124號隧道巴士過海。那天我一起牀便咳嗽不停，自行服了點止咳藥便出門，上了巴士後便沉沉睡去，醒來時，已是黃昏六時多，我發現自己躺在屋邨平台的長櫈上。而那個屋邨是在港島區的翠碧邨。我是如何由隧道巴士去到屋邨長櫈上呢，我完全沒有頭緒。」小柔詳細道出了時間和地點。

「你醒來時，身邊可有任何人呢？」志清道。

「沒有。那休憩處位置在大廈後面，很是僻靜。」小柔回道。

「小柔，當天你醒來時……有沒有衣衫不整？」張進欲言又止地問道。

小柔拍拍他的手，給他定心丸。「爸爸，我比你更緊張！我已第一時間檢查自己的衣衫，若有不妥，早已自行去了報警。放心啦！我說沒有任何損傷就是了。」

張進釋然地道：「那我放心了！」

「小柔，你乘搭的那部隧巴，有否在你剛才提及的翠碧邨停站呢？」

「沒有！那部巴士總站在灣仔，我本打算在總站下車再轉的士到學校參加比賽，但，還未下車，我已經沒有了記憶。」小柔聳聳肩，苦笑道。

「假設你上了巴士後十五分鐘開始睡覺，那是約莫一時四十五分吧。你在屋邨長櫈醒來時是六時多，那即是，你當中這五個小時是全無記憶的。」宋基作了一個假設。

「你說得對！」小柔點了點頭。

「在13B小巴跟小柔相遇上的巧巧，同樣失去了幾小時的記憶，但她保留了對小柔的印象，被『偷』去的記憶較小柔短。」王梓以大姆指和食指托着下巴，擺出一副「正統」的思考狀。「除了你倆之外，或許那部124號隧巴和13B小巴上還有其他乘客有你們的遭遇，只是，大家都失去了記憶，故沒有人追查，又或者想追查也茫無頭緒，不知如何入手。」

「不用擔心！有我在，要偵查任何撲朔迷離的事件，絕對沒問題。只要有日期時間地點便可以了。」宋基微笑道。「你想什麼時候進行偵查？」

就在這時，小柔的手機響起，她馬上接聽了。

「宋基，是張老師找你呢！」小柔把手機遞給他。

「對不起，我會請家姐替我買手機，不用再麻煩你了！」宋基一臉靦腆地接過手機，談了兩句，便跟大家道：「我家中有事，要先告辭了。」

「其實，我也要趕回家吃晚飯呢！」志清連隨道。

「好！今天麻煩大家了，我們就此散會，你們快回家吧！」張進道。

四 第一次約會

雖然今天由早上七時半至黃昏都見着宋基，但在臨睡前還是要再跟他作一次視像通話。

「小柔，明天是星期六，你有什麼節目呢？」宋基問。

「沒有。」她回道：「爸爸明天要上班，我該是在家做功課……」她邊說邊期待他提出第一次約會。

「不如，我們一起吃晚飯，好嗎？」他終於說了。

「好！」小柔衝口而出，便馬上後悔了。

這麼快便答應他，顯得沒有半點少女的矜持！

「在哪兒吃呢？」她只好裝作自然地續問下去。

「在我家姐的家。」宋基愉快地回道。

怎麼？不是我們單獨的約會？

小柔愣了一愣，沒有回應。宋基察覺到她的不快了，即道：「其實，這次是家庭聚餐，是我爸媽誠意邀請你和我們共進晚餐。」

「你爸媽？他們來香港了——唔，我意思是——他們來到二〇一七年了！」

小柔急起來，說話有點語無倫次。

「我們在茶餐廳『開會』時，家姐來的那通電話，就是告訴我他們到訪了。」宋基道：「今晚，他們已和家姐男朋友見面，吃過晚餐了。他們希望明天可以和你見面。」

小柔的心怦怦狂跳起來。

照宋基這個說法，他見過女兒男朋友，便見兒子的女朋友，而我——就是他的女朋友了？我有會錯意嗎？

「小柔，你不用太緊張！只是吃一餐飯罷了，我爸媽純粹希望認識一下我的好朋友。我媽媽還說明天會親自下廚，希望你賞面出席！」宋基盛意拳拳地道。「若你答應來的話，明天我會去你處接你。」

「好的，謝謝邀請！明天什麼時間吃晚飯呢？」

* * *

翌日早上八時許，小柔給客廳的電話鈴聲吵醒了。她揉着眼，走出客廳接電話。

「對不起，星期六大清早喚醒了你，但，有一件事情，我覺得自己實在有必要馬上告訴你！」巧巧在電話那端急促地道。

「是什麼事？」聽到巧巧的聲音，小柔的睡意全消了。

「今早我在旺角一間便利店買麵包時，竟碰上了一個『熟口面』的人。初時我也記不起在什麼地方遇過他，幾秒後才猛然醒起。這個『熟口面』的人，我和你也該見過。」

巧巧的語調帶着神秘，令小柔也緊張起來。

「是和『七二一』事件有關的嗎？」小柔不禁問道。

「你說對了。」

「是……是小巴上的乘客之一？」她冷汗也冒出來了。

「不。他是小巴的司機！」巧巧回道。

「你肯定是他？」小柔要確定。

「他左眉上有一塊大黑痣，像隻蒼蠅。這樣的特徵，實在罕見。當天，他很無禮的呼喝我，說沒錢就不該上車，說我阻着地球轉。他那副『乞人憎』的嘴臉，我當然記得！他現在就在便利店裏吃燒賣。」

「巧巧，你想上前當面問他關於那天的事？」小柔問。

「我當然想，只是，不知道他會否願意告訴我。又或者——」巧巧欲言又止

地道。

「或者他正是這事件的策劃人！」小柔替她接了下去，「巧巧，你現在是獨個兒嗎？」

「是的。我在便利店門外監視着他。」

「你不要單獨行動，我怕你有危險啊！」小柔馬上制止她。

「那麼，我該怎辦？就讓他吃完離去？」巧巧直嚷道：「今天重遇他，實在是千載難逢的機會！」

「巧巧，你一會兒要去什麼地

方？」她想了想，問道。

「本來我要回學校排舞，但，現在全無心情了。」

小柔看看鐘，思考了兩秒，便作了這個決定。

「巧巧，若果你不打算回學校，不如，你跟蹤着他，並向我報告他的行蹤。我現在飛快更衣出門，乘的士來和你會合。總之，在我到達前，你不要獨自跟他對質，明白嗎？」

掛線後，小柔四處張望。張進的拖鞋就擱在沙發旁，平日他常用的斜揹袋已不見了，但他的手機仍插在拖板上充電，相信因走得匆忙而忘記了帶手機。

既然未能及時找爸爸陪伴，不如請一位護花使者陪同吧。志清和王梓星期六都各有集訓和活動，那麼最佳人選便會是最多空閒時間的宋基了！

五 發生了一些難以理解的事

「小柔，早晨！」宋基替她推開的士門。

「不好意思！要你大清早『飛的』來接我，還要陪伴我去尋找一個陌生人。麻煩了你！」小柔上車後先致歉。

「你千萬不要跟我計較！幫人可以帶來滿足感，謝謝你給我機會陪伴你去尋人、查探！」宋基總會說些令人愉快的話。

「恕我要打斷你們的話！請問你們要往哪兒去？」司機問道。

「對不起！」小柔馬上道：「我們要往雅爾士道，麻煩你了。」

「好！但，你們要往雅爾士道東還是雅爾士道中？」司機開車再問。

「差不多到達的時候，我再告訴你。」小柔回道。

「巧巧現在正跟蹤着目標？」宋基壓低聲量問道。

「是的。她和目標都在雅爾士道。」小柔話剛説完，手機便有訊息傳入。

「是巧巧傳來的一段短片！」小柔急道，馬上把短片開啟。

手機拍攝的是街景，鏡頭搖晃不定，似乎是邊走邊拍，鏡頭從街上的一列商舖一下子飄到一個路牌上。

「現在她正在固原街，剛經過街角的一間連鎖藥房……」小柔邊看邊旁述起來。

「那戴着深藍色鴨舌帽，穿黑色風褸及泥黃色牛仔褲，現在站在馬路前的中年男人，便是當天那13B小巴司機！」巧巧的聲音終於在短片中傳出來。「轉燈了，我要馬上跟他過馬路……」

片段中的司機，巧巧只拍到他的側面和背面。小柔還未看到他的正面，短片已經中斷，而巧巧亦已「下線」。

「司機，我們要把目的地改為固原街。麻煩你了！」小柔馬上更正。

「細路，你們在玩什麼追蹤遊戲嗎？」司機問。

「不！我們不是玩遊戲，而是非常認真地在追蹤。」宋基代答道。

「追蹤誰呢？」司機好奇問道。

「我們要追蹤一個人，他也是個司機，我們要找他查明一些事情，因為事情很複雜難明。詳細情況就不說了。」小柔簡短地回了他。

的士司機先是不說話，後來在交通燈前停下來等候時，才道：「曾經有這樣一個傳聞，我們有一個同行，有一天在開工時，發生了一些難以理解的事。」

小柔和宋基對望了一眼，宋基馬上問道：「你說的是什麼傳聞，可以談談嗎？」

「那個同行是個『揸』小巴的。江湖傳聞是這樣的：有一天，他由站頭開車離站，但遲遲沒有到尾站，當天並沒有什麼交通或天氣方面的問題會引致延遲埋站。小巴公司同事致電他，沒有人接聽，大家一直等，到約莫兩個多小時後，同事接獲警方來電，說在一個荒廢的球場外找到一部13B小巴。離奇的是，車上空無一人，引擎卻是開着的，車匙插着，車頭錢盒上的零錢和司機的手機都仍在。司機？不知去向。」

「離奇的是，那條小巴線是走港島區的，但這部無人的小巴，卻是在西貢區一個偏僻的地方發現的。」

「最弔詭的，是當小巴公司同事到了『吉車』現場視察完，把車子駛回尾站後，肇事司機才回來。他往哪兒去，做了什麼事，他竟然完全忘記了，半句也說不出來。究竟為何他會突然失去記憶？沒有人知道。」

司機語音未落，宋基馬上問道：「那部小巴上的乘客呢？」

「我也很想知道，但，這只是江湖傳聞，由小巴界傳來的，我沒可能清楚是真是假啊！我日日要『搵食』，哪來時間去追查呀？」司機回道。「不過，只是江湖傳聞，詭異迷離，你們聽過就算啦！」

「對！我們聽過就算了！」小柔苦笑道。

的士過了海底隧道後，小柔又收到巧巧傳來的短片，還有一段錄音，小柔馬上播放了。

「我在莊尼地路，仍然跟着他。你們……還有多久才到呢？」巧巧問。

「如果你想我駛去莊尼地路，不塞車的話，五、六分鐘便可以到。」的士司機聽了，代回道。

「好啊！你們儘快來！」巧巧催促道。

「你多等一會兒吧！凡事小心！」小柔回道。

未幾，巧巧又傳來一段短片。「他現在走到一個小巴站前，還停了下來，似乎是要等小巴。我……現在上前去看看那是什麼路線的小巴……」

小巴？不會那麼巧，就是之前我們乘搭的——13B小巴吧？

「不好了，小柔！你看看那小巴站牌！」宋基指指站牌。

小柔看，一顆心陡地一沉。

他要等候的小巴正是那部令她和巧巧相遇的13B呢！

小柔心裏有極之不祥的預兆，她馬上撥電給巧巧，那邊廂，鈴聲長響，沒有人接聽。

「巧巧，你不要自行上小巴啊！」

小柔在心裏暗叫，同時也為自己提議巧巧跟蹤他而感內疚。

「這兒便是莊尼地路了。前面十字

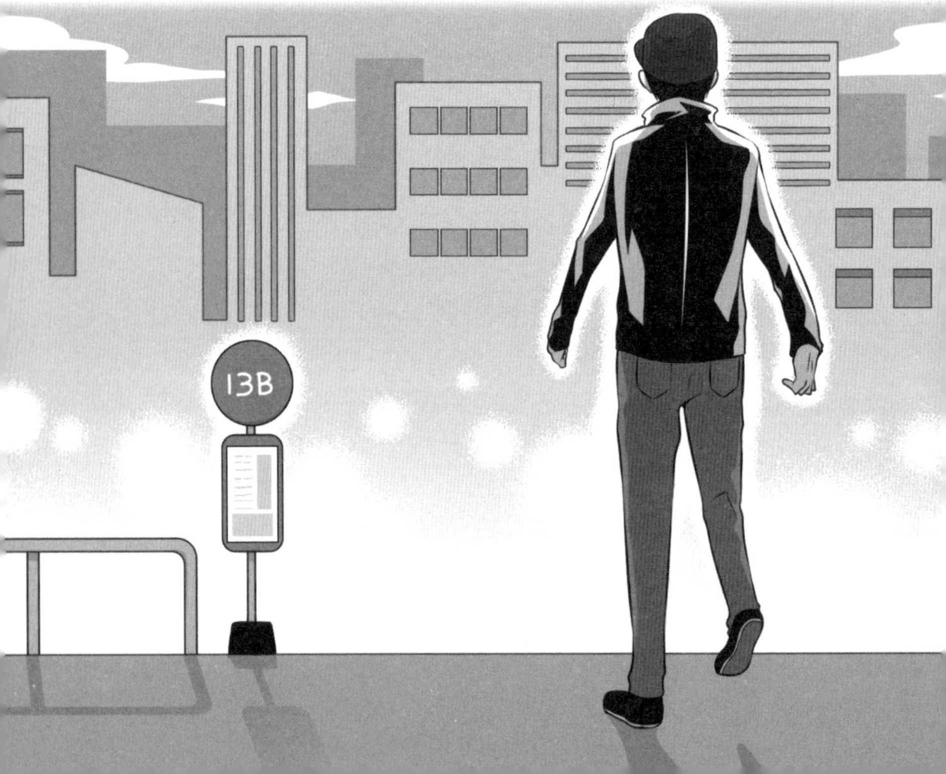

路口的交通燈位慣常會塞車，如果你們趕時間，我建議你們在這條橫街下車，人行比車行更快。」司機道。

「好！麻煩你了，司機先生！」

六　三下異常的閃電

本是短跑選手的小柔，下車後便拔足狂奔。

莊尼地路並不算是一條很長的路，小柔跑了不一會兒，13B小巴站便在望了。

巧巧並不在人龍中，她——該是上小巴了！不止呢！她還看到站旁停下的一部小巴，最後兩個在等候的乘客正準備上車。

小柔心裏一驚，以極速衝到小巴站，一躍便上了小巴。

巧巧果然在呢，正驚訝地看着她，道：

「你竟然及時趕到！」

「小姐，上車後要馬上付款！」司機指指錢箱道。

「對不起！我現在先付款，但請司機你稍等一下，我的朋友正跑過來，他也要上車！」

這時，跑得滿頭大汗的宋基趕到了。

「小柔，你……跑得那麼快，真的很難追！」上車後，宋基馬上吐出這句話。

「小柔那麼難追，最後都給你追到了！」巧巧別有用心地道。

「好啦！你們互相追到對方啦，恭喜曬！『唔該』先入錢後坐下！」

司機一聲「令下」，兩人馬上付了車資，乖乖坐到巧巧身後的座位。

「他在哪？」小柔湊前，輕聲問道。

巧巧以眼神和手勢向她示意，「他」就坐在第一行近窗的座位。他正戴着鴨舌帽，面向窗。以小柔的角度，完全看不見他的正面。

「你認得他嗎？」宋基悄悄問小柔。

她搖了搖頭。「丁點印象也沒有。」

就在這時，小柔的手機響起來。

「喂？小柔？」

是爸爸呢！

「爸爸，你今早忘了帶手機出門啊！」小柔道。

「是呢！我到了地盤，想用手機時才發現。剛才致電回家，想你替我把手機送來，電話響了很久也沒人接聽，才知道你外出了。」張進問：「你今早有活動嗎？昨晚你沒有告訴我。」

「我是……臨時有活動！」小柔無奈地道。

「你現在要回學校嗎？」張進問。

「我……」

該坦白告知，還是隱瞞呢？

小柔還在猶疑之際，窗外突然在數秒間天色轉暗，繼而有三下異常的閃電，光度強得令人雙眼也睜不開。

閃電過後，小柔睜開雙眼，拿着手機要和爸爸繼續先前的對話，怎料，手機竟然不知為何突然「死掉」，任憑她怎樣使勁按也沒法再開機。

「我的手機剛才好端端的，現在突然壞了！」巧巧轉過頭來，愁着臉跟她道：「這部機是兒童之家的家長暫借我用的，怎辦呀？這趟我一定給她罵個狗血淋頭了……」

「巧巧，不單止是你那部機，我的手機也忽然壞了。」小柔道。「或許是有什麼干擾。」

「讓我看看，可以嗎？」宋基問道。

就在宋基檢查小柔的手機之際，小柔發覺小巴停下來了，坐在她前面和旁邊單座的乘客都紛紛下車。小柔機警的察看坐在第一排的跟蹤目標，他也站了起來，作勢要下車。

就是他。
你認得他嗎？
丁點印象也沒有。
喂？小柔？
爸爸，你今早忘了帶手機出門啊！
……你現在要回學校嗎？
我……
喂喂！爸爸？
咦？手機完全沒有反應……
我的手機剛才好端端的，

「司機，想請問這個是什麼站？」小柔也站起來，急問道。

「這個？這個當然是總站，你們還不下車？」司機轉過頭來，反問他們。

「總站？我們好像上了車沒多久而已，那麼快便到總站？」巧巧問道。

「你不知道這部車去哪兒，你就貿貿然上車？」司機冷笑道。

「算啦！我們快下車吧！」宋基見狀，拉着她倆急急下車。

七 進入了另一個平行時空

「這兒是什麼地方？」

方下車，小柔抬頭，發覺四周的景物都好像很陌生。

雖然，熟悉的香港街道名牌仍在，香港的連鎖餅店、快餐店名字不變，但，四周的建築物高度像是倍增了，而且建築物外的電子屏幕也多了，令人眼花繚亂。

「怎麼……我好像去了一個不同的香港？」巧巧也不禁問道。

他們甫下車，身後的小巴便馬上駛走了，剩下他們仨呆站在路邊。

「哎吔！我們的追蹤目標呢？」小柔突然想起了他們追蹤至此的目的，驚叫道。

身型較高的宋基四處張望，終於發現戴鴨舌帽的目標人物蹤影。

「跟我來吧！他就在轉角那錶行前面！」宋基領着她們繼續追蹤，在擠得水洩火通的街上左穿右插，幸運地成功追上了目標。

「很奇怪！這區的人的衣着實在奇怪！怎麼大部分人都穿闊腳褲甚至喇叭褲？是這區的特色嗎？」巧巧一邊趕路，一邊打量途人的衣着。

「我有個強烈的感覺，我們身處的這裏並不是二〇一七年的香港，而是很多年後的香港，而那年興復古時裝！」

小柔大膽作出這個假設。

「小柔你說得對！」宋基鎮靜地回道。

「你認為我說得對？但我們剛才只是乘小巴而已，一下車便來了這兒？難道那輛13B小巴是時空穿梭小巴？」小柔不解，拉着宋基追問道。

「是的。我想我們是不知不覺進入了另一個平行時空！」

「吓?!你不要嚇我啊!我們……我們去了另一平行時空?那怎辦呀?我們……如何回去自己的時空?有可能回去嗎?」巧巧慌起來,有點歇斯底里。

「不用擔心!有宋基在,我們一定可以回去自己的時空。」小柔嘗試讓她鎮靜下來。

「有宋基在就可以?你這話是什麼意思……他有超能力嗎?」巧巧的歇斯底里似乎有增無減,「他究竟是什麼人?」

「因時間關係,我簡單告訴你吧!

我是來自二〇四七年的人，因有穿越時空的能力，才來了你們的時空，機緣巧合成了小柔的朋友。」宋基道。

巧巧聽了，目瞪口呆。

「總而言之，我們一定可以回去二〇一七年。相信我吧！因為我曾跟他一起穿越過……」小柔道。

在經過一間電器店時，小柔禁不住看看店外那七彩電子屏幕上的日期。

那年份——竟然是二〇三〇年！

剛才搭一轉小巴，竟然就在人生路上走了十三年，真的不可思議。

見巧巧那憂心忡忡的樣子，小柔還是把這個真相暫時隱藏，怕她受不起這個「刺激」。

二〇三〇年，十三年後，小柔該是二十六歲。

在這個平行時空的她，該早已畢業，並投身社會。於這個五彩絢麗的世界裏，她選擇了什麼職業呢？她有感情穩定的男朋友了嗎？他是誰？宋基？王梓？志清？抑或是工作上認識的人……

三人跟蹤的目標從大街轉進橫街，街的盡頭有一幢只有三層高的大廈。相比起同區的其他高樓，這幢大廈該算是舊樓。

就在目標人物站在大閘前按密碼時，宋基跟她倆道：「讓我獨自跟他入去這幢大廈吧！」

「你獨自去？不！我陪伴你去吧！我懂自衛術，又跑得比你快，有我照應你，好一點。」小柔馬上投反對票。

「你——說得對！好，我和你一起進去，萬一有什麼事情發生，我便出絕招，帶你離開。」宋基下了這個決定。

「噢！他已經內進了！」巧巧豎起手指往前一指，輕聲道。

「我剛才看他按密碼，早已記牢了。」宋基點點自己的腦袋，道。「這些事難不到我的。」

八　一人扮四人

宋基根據記牢的密碼，順利進入大廈。

大廈沒有電梯。小柔仰起頭，看着剛走上樓梯的目標人物，扶着樓梯扶手，一直上到三樓，然後是開關鐵閘的「呯呯」兩聲，之後便是一片死寂。

宋基和小柔跟隨着上三樓，每層都只有A、B兩伙，三樓也不例外。他們站在兩扇鐵閘前，觀察並猜想跟蹤目標究竟進入了哪個單位。

「我認為是B座。因為，A室有『打麻雀』的聲音。如果跟蹤目標剛才走進A室，『打麻雀』聲該會暫停一會兒，雀友中會有他的家人或親友，照道理會跟他打個招呼或傾談幾句。畢竟他穿梭時空，不會日日有機會和這兒的家人見面。

但，你聽啊！『打麻雀』聲沒有間斷過，所以我相信，他是走進了B室。」小柔分析道。

「我也是這樣想。他主要生活的時空該是在二〇一七年，他來到這時空，是有些特別的目的或任務要完成。」宋基碰一碰B室的鐵閘，頓了一頓，又道：「不如我們來一個快速的測試吧！」

「測試？你想怎樣呢？」

小柔話剛說完，宋基便按了B室的門鈴。

沒有人應門。

宋基再長按了好幾下。

B室裏傳來一些撞擊聲和急速的腳步聲。

宋基再按門鈴。

鐵閘後的木門打開了。

「你是誰？」

在鐵閘隙縫後的他——13B小巴司機終於露出正面了，他左眉上的蒼蠅大黑痣的確很鮮明突出，好些零碎的片段一下子湧回她的腦海裏。

雖然片段未能湊合成一個完整的回憶，但，小柔可以確定，他和她在今天以前曾有過一面之緣。

「你好！我是Jerry呀！你是表叔嗎……」宋基一邊亂說話，一邊探頭往內察看，屋內幾乎沒有傢俬，只有一張摺椅，旁邊有一個大膠袋。

「我不是你表叔，也不認識你！你找錯地址了！」他板着臉道。

「我該沒有找錯地址！這兒是三樓B室，沒錯了。我爸媽着我來找你的，說要我來跟你商量鄉下祖屋的事……」

裏面突然傳來小孩的哭叫聲。「嗚——我要媽媽！我……」

「是誰哭呀？」小柔湊近鐵閘，想往內看個清楚，但看不見小孩的蹤影。

你好！
我是Jerry呀！你是表叔嗎……
我不是你表叔，
也不認識你！
你找錯地址了！
我該沒有找錯地址！這兒是三樓B室，沒錯了。
3B室
是誰哭呀？
嗚——
我要媽媽！
我……
你們還不快些走，我就——
你就如何呢？報警？
好！報警吧！要不要我們替你報？

「誰人哭都與你們無關！你們還不快些走，我就——」大黑痣男人止住了。

「你就如何呢？報警？」宋基反問他。

「好！報警吧！我們不會走，你馬上報警啦！要不要我們替你報？」小柔取出手機，作勢要替他報警。

「你們這些人真麻煩！」大黑痣男人鼻孔裏「哼」出一團氣，奮力關上門。

「他不敢報警，應該是曾經或正進行一些非法勾當！」宋基歎了一口氣，道。

「我的想法一樣！」小柔皺眉道：「我很擔心那個在他的單位裏哭喊的孩子。不知道那是他的孩子還是人家的。或許……我們真的要——」

就在這時，A室的門霍地打開了，嚇了小柔和宋基一跳。剛才，A室不是傳出打麻雀聲嗎？

「你們剛剛是否跟B室的男人談過呢？」

面前的是個一頭銀髮，高佻瘦削的老婦人，正壓低聲量問他們。

「是的，婆婆！我們剛才的對話，你全聽見了？」小柔愕然。「我們還以為你和朋友一直在打麻雀。」

「我只是在『打一人的麻雀』。」老婦人把自家大門再推開，用手勢示意他們內進詳談。小柔走進客廳，見中央的「麻雀枱」四邊各放了一張椅子，枱面上的「麻雀牌」已經砌好。

「婆婆，剛才你是在打牌吧？你的牌友呢？」小柔問。

「我的麻雀牌友和丈夫全都離世了，但我每天都自行『開枱』，一人扮四人，自己和自己打牌，消磨時間。雖然我已經差不多七十歲，但我的耳朵依然靈敏。我聽到B室幾次傳出孩子的哭喊聲。雖然B室那男戶主搬來只有大半年，但跟他談過兩次後，我已知道他是單身的。一個單身漢突然帶着一個小孩子回到家裏住，如果那是他的孩子，何不大大方方的向我這個鄰居介紹一下？最令我感到疑惑的是：那個孩子常常哭啼。昨天，我聽到他淒厲的哭聲，持續了超過半個小時。我按捺不住，過去按門鈴，想向戶主查問，他卻遲遲不開門。我清楚聽到他呼喝那小孩，要他馬上停止哭喊。但，孩子總不能靠嚇，要耐心教導才是。我站在門外按門鈴，等了他很久，他都不開門。後來，我聽不到孩子哭聲了，便回家去，心想：還是不要多管閒事。

「不過，今天聽到你們在門外的對話，我覺得有必要和你們商量，是否有需要報警。」老婦人一臉認真地道。

「婆婆，剛才我們說了很多話，你——是全部都聽到了？」宋基小心翼翼地問。

「是！全都聽到了。」老婦人莞爾一笑，道：「你們不是屬於我們時空的人。這點，我也知道。你們是因為跟蹤B座男戶主才到來二〇三〇年的，是嗎？」

小柔雙眼圓瞪，驚道：「婆婆，你對我們這些穿梭時空的人的接受能力很高啊！我還生怕剛才我和我朋友的對話嚇怕你！」

「現在是什麼年代呀？你們不要以為我們這些上了年紀的人不會對穿梭時空感興趣。我以前看過不少報道，覺得是有可能的，亦相信世上有人曾經穿梭時空，你們是恰巧給我遇上了。好！說回正題，你們是否打算報警？」老婦人問道。

「坦白說，我們真的來自另一時空，我們的手機在這兒沒可能使用，而且，我在這時空——可能沒有任何身分。」宋基為難地道：「我和我朋友都是屬於不同時空的，今天來到這兒，是意料之外的事。」

「不要緊！就由我來報警吧！」老婦人輕拍心口道。「你們剛才可看到那個哭喊的小孩嗎？」

「沒有。」小柔回道。「我們只聽到他淒厲的哭聲，但看不見他。」

「還是報警，讓警方來調查，總好過我們在這兒瞎猜。萬一低估事件嚴重性，令小孩受傷甚至喪命，我會永遠內疚！」

九　發現了救星

「我跟警方說了有懷疑虐兒案，他們回覆會在十五分鐘內到來。」老婦人放下電話後，跟他們道。

「若要等十五分鐘，我們還是先通知朋友，以免她在樓下呆等。」宋基道。

「你們去請她上來一起等吧！」老婦人熱情地道。

「我去找她。」小柔自動請纓。

「我陪你一起去。」宋基道。「我們要一致行動！」

*　　*　　*

「等得我快要變化石了！」巧巧一見他們，馬上嚷道。「你們找到他了嗎？」

「找到了！我們已經請人報警，警方會在十五分鐘內到達。我們剛才遇上了一個友善的老婦人，她替我們報警，還邀請我們在她的家等警方到來。」宋基回道。

「是嗎？這個時空，竟然有這樣好的人？是真是假呢？我還是信一成好了！」巧巧苦笑道。「對我來說，大人多數都不大值得信賴。我親生媽媽和婆婆都拋棄了我，所以，我怎有可能容易相信別人呢？」

「原來，你的家人這樣對你！」小柔掩着臉，驚訝地道。

「若不是被家人拋棄，我也不用住進兒童之家。」巧巧黯然地道。

小柔上前搭着她的肩膊，想給她一點安慰，巧巧卻突然慌張地指着前方，道：「大蒼蠅胎記男人正出來呢！」

小柔一抬頭，真的看見他急步從大廈大閘走出，還——還抱着一個人！

「他抱着的那個必定就是剛才哭喊的小孩了！不要讓他走啊！」

小柔邊説邊向他跑過去，冷不提防鞋帶鬆脱，她給鞋帶一絆，向前一傾，跌到地上去。在爬起來時，她見大蒼蠅胎記男人已抱着孩子上了一部泊在路邊的黑色私家車。

難道他知道有警察會上來單位，故及早逃走？

「小柔，你的膝蓋流血呢！」宋基跑到她跟前，急道。

「不用理會我！你們快去追他吧！」小柔推宋基去追，但，私家車上客後便駛走了。

巧巧上前把小柔扶起來。

「我們截的士繼續追！」小柔鍥而不捨。

「不過，周圍都沒有的士呢！看怕追不到了。」宋基四處張望，歎道。

就在大家準備放棄之時，小柔發現了「救星」。

「你們跟我來吧！」她顧不得膝蓋的傷，向着一部小型校巴狂奔。

宋基和巧巧來不及問個詳細，只好跟着她跑。

校巴司機終於發現這三個追趕他車子的「瘋人」，找了條橫街把車子停下來，開車門正要開口問的時候……

「咦？是你？」司機一看見扶着車門微喘着氣的小柔，吃驚地道。「我認得你，但，早已忘記你的名字了。你……你是——」

「張小柔啊！」小柔接了下去：「我小一開始便坐光叔你的校車，坐足六年呢！」

「我記得啦！你追着我的車，就是為了

告訴我這事？」光叔疑惑地問。

「不！其實我有事相求！」

小柔坐到光叔身後的座位，宋基和巧巧也趕上車了。

「他倆是我的朋友。」小柔飛快的向他介紹了，然後道：「光叔，麻煩你幫我做一件事，就是跟着前面那架黑色的四門車！」

「為什麼呢？」光叔不解。

「我……好像有些東西給他拿走了，要馬上向他取回！」小柔臨時撒了個善意的謊言。

「是嗎？那麼要趕快了！」光叔信以為真，馬上開車。

「那部黑色車子已左轉了！」宋基坐在車門後的單座，指着前面那快要消失影蹤的黑色車子。

「行了！我已儘快！」光叔道。「幸好我剛剛送了學生回家，跟車保姆也下車了，我才可以義助你去追車！」

「謝謝你啊光叔！這麼多年來，你都這麼樂於助人！」小柔由衷地道。

光叔想了想，才問：「小柔，你是哪一年小學畢業的呢？」

「我是二〇——」小柔話說了一半，馬上吞回。她不能讓他知道，她是來自二〇一七年的小柔。

「你是否二〇一四年畢業的？」光叔問。

他竟然記得？他的記憶力真不賴呢！

「我記得你在畢業前曾說你是二〇一三至一四年度畢業生，會一生一世記着我。」

他居然緊記我隨口而說的話？！

「那部黑色車子停了在交通燈前！光叔你可否轉去隔離線，方便追蹤呢？」

巧巧及時作了這個提議，成功幫小柔迴避了光叔的問題。

「我不能隨便轉線的，你以為我們在遊樂場開機動車嗎？」光叔反問她，未幾，又把話題扯回小柔身上。「小柔，你現在應該早已大學畢業，在社會工作了吧？怎麼你的樣子身型依然那麼稚嫩，好像是個中學生模樣的呢？

「我老婆去年跟朋友去了打『童顏針』，回到家裏還不是同一個樣？你——是否也有打那些童顏針？在哪間美容院打的？介紹一下，我也叫我老婆去試一試……」

小柔笑道：「我的樣子十年如一日的原因，其實有些複雜，我改天再告訴你吧！」

「那部黑色車子左轉了！光叔，麻煩你跟貼一點，我怕追不上，此行便徒勞無功，不知下次來這時空又是什麼時候了——」宋基最後一句話衝口而出後，他已經後悔了。

「下次來這時空？你這話是什麼意思？」光叔不明所以。

「光叔，那部黑色車子駛進了那大廈停車場！」巧巧急道。

「那是一座小型醫院的停車場。」光叔回道：「這醫院好像叫高真珍紀念醫院。」

「他帶那小孩到醫院去幹什麼呢？」小柔自言自語地道。

「帶小孩去醫院，當然是看病啦！」光叔理所當然地道。

「他會對孩子這麼好？」小柔自言自語似的反問。

「小柔，你和他究竟是什麼關係？親戚、朋友？抑或仇人？你剛才說，好像有些東西給他拿走了，要他取回，那是什麼物件？他是偷了屬於你的東西，還是借了去用……」

光叔說着說着，也跟着黑色車子駛進一樓停車場。

三對追蹤的眼睛看着黑色車子停泊在近電梯的一個車位。

「光叔，你今天實在幫了我一個大忙！抱歉，你有很多疑惑，我都未能一一替你解開。若有機會，我會親自回小學找你，向你解釋一切。現在，我們要下車了，麻煩你就停在這兒。謝謝你！」小柔雙手合十，跟他道。

「不用客氣！可以幫人，是一種福氣。你有機會也要多點幫人啊！有空就來探望我吧！再見！」雖然滿肚疑問未解，光叔還是開了車門，讓他們下車。

「再見了，光叔！」小柔跟他揮揮手，一回頭，追蹤目標已抱着小孩，由一個穿棒球外套的年輕人伴着，站在電梯前等候。

「那個年輕人是剛才駕駛黑色車子的司機，我見他們一起下車的！」巧巧跟小柔道。

「糟了，他們要進電梯了！快呀！」宋基催促道。

十 迎面而來一陣陰冷的風

電梯門關上了，他們又一次失去了跟蹤目標的蹤影。

「哎！讓他跑掉了！怎辦呢？」巧巧急得淚水也差點兒迸出來了。

「不用怕！我們還可以繼續追！」小柔盯着電梯樓層顯示屏上顯示的樓層，冷靜地道：「電梯裏就只有他倆……他們去了……B1！我們從樓梯走下去吧！」

「B1，Basement 1，即是地牢。」巧巧邊走邊自言自語地道：「醫院的地牢，不會是診症室或者病房吧？通常醫院的地牢會是——是停屍間嗎？」

小柔一聽到「停屍間」三個字，竟有點腳軟，要扶着樓梯扶手。

「小柔，你沒事吧？」宋基扶着她的臂膀，問道。

「沒事！我胡思亂想，自己嚇自己罷了。」小柔苦笑着道。

「不用怕！我們一起行動，有什麼事，我可以馬上帶着你們回去自己的時空。你沒有什麼需要擔心！」

聽宋基這樣一說，小柔的心定下來了。和他一起，她感到前所未有的安全感。穩下腳步，她和他們繼續往前走。

到B1了。

宋基推開通道的門，迎面而來的是一陣陰冷的風。

「可能……真的如我所料，這層是停屍間！」巧巧打了一個冷顫。「他抱着那小孩到來醫院這一層，難道——難道那小孩已經被他——」

「不！這兒不是停屍間！你搞錯了！」宋基指一指前面的幾個房間，道：「這一層都是病房，只是，冷氣開得冷了一點而已。」

「連地牢也要建病房，這醫院真的很欠牀位啊！」小柔仔細看看走廊兩邊的病房，道。「我們快找他和小孩吧！」

正當他們準備尋人時，有一名身型肥大的護士突然阻擋着他們的去路。

「你們找誰呢？」她雙手交疊，鐵青着臉，橫看豎看她都不像名護士，倒像個錯穿上護士服的惡護衛。

「我們來探訪朋友。」宋基不慌不忙地回道。

「來探訪誰？」女護士厲聲問道。

「他姓陳，英文名Jacky！」小柔說了個最多人姓的姓氏和一個「可男可女」的英文名。

「他的中文名是什麼？」她又問。

「我只有他的英文名。」小柔牽強地笑了笑。

「那麼，他住哪個病房？」

「3C！」巧巧胡亂答了她。

「這兒沒有3C病房，也沒有一個姓陳的病人，你們看似是『白撞』！」女護士斜起頭，以眼角逐一瞄着他們。「你們在這兒遊蕩，會騷擾到我們工作，所以，你們馬上離去吧！」

「我們只是來探病而已，怎會騷擾到你們呢？」宋基問道。「就讓我們走一個圈，看看能否找到我們要探訪的人，可以嗎？」

女護士完全不理會他的提議，就召來一個剛走出病房的男護士。

「你替我把他們帶離這兒吧！」女護士頒下「命令」後，便轉身離去。

昂藏六尺的男護士低低頭，靦腆地道：「護

士長要求你們離去，麻煩你們合作一點，讓我帶你們離開這一層吧！」

「我們來的目的是找一個人，而且，我們的確遠道而來！」小柔湊近他，悄悄地道。

「但，這是護士長親下的逐客令，我也是依照吩咐行事。請不要讓我難做！」男護士把臉別向另一邊，似乎是刻意迴避她的凝視。

「你——叫什麼名字呢？」小柔故意走到他跟前，誓要看清楚他的樣子。

「你們真的要跟我走了！拜託拜託！」男護士幾乎要央求了。

「我認得你啦！我肯定曾經見過你——」

一些零碎的片段忽然返回小柔的腦海裏，她捉着他的臂膀，定睛道。

「小姐，你先放手！若不，我什麼也不說！」男護士在她的耳畔道。

「好！」小柔馬上道：「你帶我們到一個方便交談的地方吧！」

十一 他有性命危險

「我們可以在這兒傾談一會兒！」

男護士把他們三人帶到洗衣房。轟隆轟隆如舊式火車開行的洗衣機噪音，吵得人煩躁不安。

「這兒並不是傾談的好地方！」巧巧蹙起眉頭，跟男護士道。

「照我所知，這兒是全醫院唯一一處沒有閉路電視的地方。」他回道。

「怎麼？你們醫院連洗手間也安裝了閉路電視?!」小柔和巧巧不約而同地問。

「洗手間……應該沒有閉路電視。不過，因為有分男女的，我沒有可能走進女洗手間跟你們談。」男護士為難地道。

「不要緊！這兒夠安全。」宋基道：「你有麼重要事要跟我們說？」

　　洗衣機轉到下一個洗衣步驟了，轟隆聲暫停下來，讓寧靜在室裏重新回復主權。

　　「我其實曾經見過你們兩人。」男護士咬咬牙，道。

　　「你是見過我和巧巧？」小柔心裏一驚，但仍萬般鎮定地道。

　　「是！去年夏天，我在醫院見過你們。」男護士拉過一張圓櫈，坐下來道。

　　「是七月二十一日？」小柔問。

　　「正確日期我忘記了。去年六

月，我才到來當見習護士。七月某一天，護士長叫我和另外三名男護士用擔架牀把兩名病人送往B1的病房。我們以為是到救護車停泊處接病人，後來才知道，竟然要到一樓停車場去接病人！

「護士長親自領着我們到停車場一部私家車前，把車上兩名病人用擔架牀送到B1。當日運送的兩名女病人，就是你倆了。

「你們有呼吸，但沒有知覺，脈搏正常。送你們來醫院的人，說是你們的朋友。我循例問他，你倆發生了什麼事，他完全沒有理睬我，只顧着和護士長輕聲交談，護士長更着我不要多管閒事，於是我只好按她的指令行事，把你們送到B1。

「一直在一樓二樓工作的我，從未到過B1，不知道B1也有些小型病房和手術室。

「護士長說把你們直接送進手術室，我隨口問，你們到底要做什麼手術，又是沒有人回覆。未幾，一個我從未見過的醫生到來手術室了，護士長着我們返回樓上的工作崗位，而且不能再提及這事。

「其他男護士無不感到奇怪，但大家怕失去工作，都不敢追問。之後還有兩次，我也是被召到停車場去接病人，那兩個病人跟你們年紀相若，同樣是失去知覺，而同樣也是由那個男人送到停車場。」

「那個男人是否約莫四十多歲，左眉上有一塊像隻蒼蠅似的大黑痣？」小柔問。

「是呀！你跟他是認識的？」男護士驚問。

「才不呢！」小柔急道。

「那麼，他是擄拐了你們？」他又問。

「可以說是，但那該是本世紀最複雜的擄拐。」小柔和巧巧對望了一眼，回道。

「如何複雜呢？」

「我們不是你們這時空的人。」小柔直截了當地回道。

男護士兩顆眼珠差點兒掉到地上去。

「你們……是……如何來到我們這時空的？坐時空穿梭機？」男護士再問。

「我們不大清楚。我們當天是恰巧一起坐上同一部小巴，之後發生了什麼事，我們沒有記憶。」巧巧代回道。

「我連坐小巴的記憶都沒有了，只記得坐過巴士，之後的事全記不起。」小柔補充道：「幾個小時後，我和她在不同的地方醒來了，沒有受傷，財物沒有失去，但之前發生的事卻記不起，記憶好像給人刪除了。」

「你們身上果真沒有任何傷痕？」男護士問道。

「沒有！我是把自己由頭至腳檢查了一次，是連一條刐痕或一點瘀傷也沒有。」巧巧確定地道。

「我也是呢！」小柔。

「你們有沒有檢查手指頭或臂彎，看看有沒有針孔呢？」男護士又問。

「沒有啊！」巧巧道。

「我記起了！當晚我在家洗澡時，我的中指頭有少許赤痛，但我沒有為意是否針孔。」小柔問道：「為何你會這樣問？」

「照我推測，那人把你們迷暈，沒有劫財劫色，而是送你們來醫院，目的是……」

洗衣機又開始轟隆轟隆的發出令人頭漲的噪音，蓋過了男護士的話。

「是什麼？你再說一次吧！」小柔和巧巧齊聲問道。

「我知道了！」宋基突然叫了起來。

「宋基你知道了？」小柔驚異地望着他，問：「他的目的是什麼？」

「糟了！剛才被他送到B1的男孩……會有性命危險！」宋基叫起來。

「男孩？剛才那男人又再送人來嗎？」男護士問。「我先才是替護士長運送物資，才會到B1。剛才我在病房看見一個約莫七、八歲的男孩躺在病牀上，那會否就是——」

「是！應該是他了。我們要立刻去救那男孩了，否則，他有性命危險！」宋基扯着男護士道：「快快快！帶我們回B1吧！」

十二 偷運男孩

「帶你們回B1？」男護士猶疑起來。

「是！要快呀！你上次負責運送小柔和巧巧去B1，你一定知道他們把擄拐的人送到哪個室！」宋基急起來，説話連珠砲似的。

「我知道……但……」男護士猶豫不決。

「但什麼呢？你擔心會丢掉工作?!現在是人命關天啊！」宋基搖着他的手，希望搖出一點點良知來。

「究竟，那男人帶我們來這醫院的目的是什麼？快告訴我們！」巧巧不耐煩的再問了。

「是要器官。」小柔想到了。「他的目的是要盜取我們的器官！」

「我們的器官?!」巧巧掩着嘴，錯愕萬分。

「我猜的都是一樣。」男護士長長吁了一口氣，道：「工作沒有了，可以再找；性命沒有了，不能重頭來過。我現在馬上帶你們去B1病房，你們跟我來吧！救人要緊！」

「我還是不大明白，」巧巧邊走邊問：「為何要盜取我們的器官呢？醫院不是有器官捐贈系統的嗎？若病人器官出了大問題，要換的話，不是登記就可以了？為什麼要偷別人的器官？」

「你不是我們時空的人，難怪你有所不知了！」男護士道：「我們這年代的人，已變得越來越自私自利，不大懂得關顧別人，莫說是捐贈器官，捐錢或讓座的人也越來越少。等待換器官的病人，如果自己的家人親友不適合捐器官，要在輪候冊上等，那麼，他們跟等死沒有什麼分別。健在的人不會捐，就算剛死的人，也沒有多少個有填寫器官捐贈咭，沒有簽咭的人，其親友絕大多數也不肯捐贈他的器官，所以……」

「所以，無良的人會想到盜取健全的人的器官，而有錢的人則會為生病的家人買健康的器官來移植。」宋基替他續下去，「我爸媽跟我說過，這情況在我出世前幾年頗為嚴重，後來，警方致力打擊，盜取器官情況才收斂。」宋基邊走邊解釋道：「小柔，你和巧巧去年被送來醫院，後來又被送回去二〇一七年，我猜是因為他們替你們驗血後，發你們的血型不吻合，器官不適合那些『客人』。」

「不幸中之大幸，是知道你們的器官不適合後，仍願意把你們送回屬於你們的時空。你們算是幸運！否則，流落在我們的時空，會給人當作瘋子，後果不堪設想！」男護士道。

是呢！我們算是幸運，沒有被選中，但相信一定有人血型吻合，器官被盜去了。他們不幸的失去了那器官，能否生存呢？有沒有人把他們的身體縫合好，送他們回去自己的時空……我一定要把這事件查個水落石出才行！

小柔一邊跑一邊想。

穿過後樓梯，走過一條短窄的走廊，在推開走廊末的一扇門之前，男護士道：「你們就在這兒等我，我會嘗試把那孩子帶回來。」

「你獨個兒去？要不要我陪你同去？」宋基問。

「不！」男護士從門上的玻璃看進去，道：「護士長仍在B1，你們絕對不能露面，否則，會造成混亂！」

「但，」小柔也伏在玻璃後視察環境：「不停有人出入病房，你很難有機會把那男孩『偷運』出來而不被察覺。」

「那我們該怎辦呢？」男護士問道。

十三 雜物室裏的火警

「糟了！糟了！火警呀……護士長！雜物室有濃煙冒出，要緊急疏散呀！」男護士氣急敗壞地衝向護士長，道。

「火警？雜物室好端端的怎會起火呀！」護士長心有疑惑，馬上跑到雜物室一看，果然有煙從裏面冒出，更有點點火光！

護士長一臉恐慌，聲音也抖顫起來。「你……你快去走廊尾取滅火筒滅火吧！」

「那兒沒有滅火筒了！早前有人發現滅火筒已過期，馬上丟掉，但已訂購的，仍未送來呢！」男護士解釋道，「不如，請B1所有人緊急疏散吧！幾個病房都有人，我去叫其他護士把病人送離這兒，再通知樓上的同事進行緊急疏散——」

「好！你去吧！我要趕去手術室，醫生正準備替病人進行手術，希望仍未開始吧！」

護士長一跑開，男護士便領着早已換上護士服的小柔和巧巧，由隱蔽的門後走出來，直奔往病房。小男孩被放在牀上，一名女護士正為他抽血。

「對不起！要暫停抽血了！」男護士跟她道，「因有火警發生，護士長下令，要馬上疏散病人。我和她倆負責A房，你則去C房……」

女護士不虞有詐，馬上把抽血針拔出。

「姑娘，我是否……」男孩徐徐睜開眼睛，怯怯的問道：「是否可以回家了？」

女護士離開A房後，「假姑娘」小柔馬上趨前跟他道：「你叫什麼名字呀？」

「雨津！」男孩回道。

「雨津，你不用怕！我們是好人，一定會帶你回家！」小柔語氣堅定地道。

「好啊好啊！我很掛念媽媽！我要媽媽！現在就帶我回家吧……」雨津馬上從牀上坐起來，嚷道。

「起來吧！讓我抱你走！」男護士一把抱起了他，正要往門口跑，雨津卻面露懼色，道：「那個壞叔叔就在門外，他又要來捉我、關着我！救命呀！救命呀——」

「放心！我們不會讓他接近你！」小柔向他保證。

大蒼蠅胎記男見有人要抱走他的搖錢樹，當然緊張萬分，極速跑過來要向男護士搶人。

「你幹什麼抱着他？你想把他偷走？」他直衝過去，伸手要硬搶雨津。

小柔一個箭步上前，把他一把推開。

「是你擄拐他才是！你還擄拐了我和我朋友，我們該把你捉拿，交給警方才

因有火警發生，
護士長下令，
要馬上疏散病人。
我和她倆負責A房，
你則去C房……
嗯！
知道了。
姑娘，
我是否……
可以回家了？
你不用怕！
我們是好人，
一定會帶你回家！
那個壞叔叔就在門外，
他又要來捉我、關着我！
救命呀！
救命呀—

是！」小柔指着他，激動地道。

「你兩個……是……」大蒼蠅胎記男來回看了她們幾眼，才認出她們是他曾經擄拐過的人，驚愕萬分。

他轉頭拔腳便跑，小柔想追，但回心一想，又止住了。

「我還是回去看看宋基的情況。」她轉頭跟他們道。「麻煩你帶雨津和巧巧到醫院外等候，我一會兒便會趕到。」

「不！我才不要和你分開！我們要一致行動，你往哪裏，我便跟你同往！」

巧巧拉着她的手，堅決地道。

「明白了！我們一起去找宋基吧！」

十四 我的名字叫霍金

病房裏的人已差不多走清，手術室的門大開着，裏面空空如也。小柔和巧巧走到雜物房前，敲了兩下門，房門自動開了。

「宋基，你在裏面沒有給焗暈吧？」小柔往內探問。

戴着防毒面罩的宋基，一手拿着滅火器，另一隻手向她做了個OK手勢。

雜物房裏的小火早已熄滅，煙霧也差不多全散了。

「走啦，滅火英雄！」小柔向他招招手，笑道，「剛才的一場火，辛苦你了！」

宋基把防毒面罩摘下，把滅火器和面罩一併放到地上。

「生火和滅火的人同樣是我，根本不配被稱為英雄！」宋基搖搖頭，道。

「你生火是燒垃圾，目的是惹起騷亂，好讓我們在混亂中救出被拐男孩。我們的目的達到了！」小柔拍拍他身上的灰燼，道。

「那男孩呢？」走出雜物房後，宋基四處張望。

「放心！男護士已把他帶到醫院外面。」巧巧道，「你很厲害啊！連滅火器也懂得用！」

「其實早在我十歲時，爸爸已教我用家中放置的滅火器。他常出外公幹，我在家要學懂保護媽媽和家姐。」宋基道，「我們還是跑快一點吧！雖然明知道是假火警，但最好假戲真做，逼真些，一會兒逃走也較容易。」

真是冤家路窄，三人剛跑出醫院，竟就在門外碰見護士長。

雖然換上了醫護人員的制服，但眼利的護士長竟然一眼便認出了他們。

「又是你們三個『白撞』？剛才說來探病，又說不出要探誰，我已叫人把你們趕跑，你們居然斗膽又潛進醫院，還偷我們的制服？」護士長指着他們三人大罵起來，並上前捉着巧巧。

「是！我是穿上了你們醫護人員的制服，我們來這兒的原因是什麼？讓我在這兒告訴大家吧！」巧巧甩開她的手，不慌不忙地道，「我和我朋友都曾經被人迷暈，輾轉帶來這醫院的B1，然後又送走。我們對這一切沒有印象，因為我們的記憶被抹去了，但我們很想知道，失去記憶的幾個小時，究竟發生了什麼事。於是，我們冒險回來了。竟然，這兒有人說見過我們，而我們亦大概知道了被擄拐來這醫院B1的原因。」

「護士長，你是醫院的高層，不如就由你來向大家解釋一下，為何我和朋友當初會被擄拐來醫院吧！」

面對巧巧的指控，在場員工的竊竊私語，護士長面色紫一片白一片，不知所措，也無從自辯，只能勉強道：「她在亂說話！她不知道自己在說什麼！你們不要信她！她只是在作故事陷害我！」

「究竟是誰在作故事？」

一把洪亮的聲音突然在人叢中響起。

小柔順着聲音源頭望過去，見到一個撐着拐杖，一身白衣的老伯，徐徐走過來。

「高先生！」護士長看見他，又是一驚。

「剛才說那番話的，是哪一位呢？」老伯把拐杖「篤」在兩腳中間，兩手扶着杖頭，雖然他身型矮小，但眼神和說話語氣都極有威嚴。

「是我，我叫巧巧！」巧巧仿如一個乖巧的學生，遞起手道：「我和我朋友小柔都是受害者！」

「高先生，她們只是一派胡言，說的話完全沒有真憑實據。」護士長扯高嗓門道。「而且，她們一出現便發生火警，我直覺告訴我，她們跟今天的火警肯定有關——」

「高先生，我可以證明巧巧和小柔的說話是千真萬確的！」男護士突然出現，正氣凜然地道。

「你叫什麼名字？」高先生問道。

這時，小柔才省起，他們一直不知道男護士的名字。

「我叫——」男護士刻意把聲線降低，極輕聲地把名字說了一次。

「對不起！我聽不清楚。」高先生道。

「我的名字叫——霍金！」男護士尷尬地提高聲量道。

小柔偷偷的把一朵笑強吞回肚裏。

圍觀人羣中有零星的笑聲傳出。

「我不覺得好笑啊！」高先生嚴肅地道。「霍金的名字改得好呀！很有氣勢，不錯！霍金，剛才你說可以證明這兩名女孩的話是千真萬確，我願聞其詳！」

「請問，你們哪一位是院方的高層？」全副武裝的消防員從醫院正門走出來，問道。

「我姓高，我兒子高永是這所醫院的院長，但他到外地開會去了，我是前院長，也是暫代的院長，雖然火警發生時我不在醫院，但我就在醫院附近的餐廳吃飯，所以，我一知道醫院發生火警，撐着枴杖也可以飛快地到來。你是消防督察吧？先生，關於今次的火警，你可以跟我說。」高先生道。

「好的，高先生。我和手足已巡視過醫院，發現火警源頭來自地牢B1的雜物室，火頭已被撲滅，但其實在我們到場前，火頭早已被人用滅火器撲滅。至於醫院其他樓層，並沒有起火。火警原因有待調查。地下至四樓的病人和醫護人員，可以返回病房，不過，B1一層，因是起火源頭，若果可以繼續清場一至兩天，會方便我們工作。」消防督察道。

「B1要清場一兩天？」護士長聞言，眉頭緊皺。

「清場會方便我們調查起火原因。」他重申。

「我也認為，清場是有必要的。B1該只有一至兩個臨時病房，清場該不是太大問題吧？」高先生不解的看着她。

「嗯⋯⋯既然高先生你⋯⋯認為要清場，那就清場啦！」護士長老不情願地道。

十五 香港絕密X檔案

「刑Sir！」小柔見刑Sir走進院長室，馬上站起來，跟他打了個招呼。

「小柔，你好！」

在二〇三〇年的刑Sir，該已年過四十，幸未有禿髮或白髮，只是兩鬢有少許灰髮，樣子依然有型有格，年長了更有男人魅力。不過，當他見到十三年後該是二十六歲的小柔依然是十三歲的模樣，他竟然沒有半點驚訝，樣子平靜得就像是早預計到她是這副樣子，完全沒有改變。

「阿Sir，你和張小柔早已認識？」高先生詫異地問。

「是！我和小柔及他爸爸很有緣分，見過很多次面，大家算是老朋友！」刑Sir走到院長身旁，先遞上卡片。「高先生，久仰大名！我姓刑，是——」

「是負責很多不易解開的奇異事件檔案的刑Sir，刑天華。我也久仰大名！」高先生笑道。

負責很多奇異事件檔案？

小柔圓瞪着眼，看着刑Sir。

原來刑Sir現在成了香港X檔案的刑警。

「不敢當！我只是對另類檔案極感興趣，上司又大膽地委派我去調查而已。」刑Sir在高先生身邊的空位坐下。「不知道，今次有什麼事我可以幫忙？」

「是這樣的。」高先生托一托眼鏡，回道：「事情有些複雜，難以置信。張小柔妹妹和趙巧巧妹妹說去年七月二十一日，她倆坐上13B小巴後沒多久，便沒有了知覺，後來竟在不同地方醒來，並失去幾小時的記憶，百思不得其解。她們遇上了上次13B小巴的司機，並跟着他上了一部13B小巴，但在下車後，她們竟然發現自己身處在我們的時空！」

刑Sir對高先生的敘述並沒有顯露半點驚訝之情，似乎對轉換時空的事情很能接受。

「小柔、巧巧！你們其實是來自什麼時空？」刑Sir問。「一七？抑或一八年？」

「我、巧巧和宋基都來自二〇一七年。」小柔對他準確的猜測，又是一陣震驚。

「我記得自己是二〇一六年開始認識你們的。那時，穿越的罪行並不及現在多。」刑Sir開始道。

「怎麼？二〇三〇年有很多穿越時空的罪行？」三人聞言，驚叫起來。

「我是來自二〇四七年的。」宋基即道，「為何到了我的時空，我沒有聽聞此事呢？」

「神秘莫測的檔案，新聞當然沒有報道，因為上層惟恐引起恐慌，叮囑我們只能暗中調查，所有檔案和調查結果都不能公開。這些檔案連其他部門的同事也不知道，我們稱之為『香港絕密X檔案』。雖然我們部門的人，沒有一個有像宋基你這穿越時空的能力，但我們的破案率並不低！」刑Sir道。

「咦？刑Sir，你怎知道我有穿越時空的能力呢？上次見面，我並沒有告訴過你啊！」宋基驚異地問。

「你又忘了！在我們這時空，是二〇三〇年。由上次見面至今天這十三年間，我們還有很多次的接觸——噢！我不該說太多！總而言之，我就是知道了！

將來的事，由你慢慢去發掘、去探索。」刑Sir呈現一個神秘的笑容。

「小兄弟，原來你有穿越時空的能力！」高先生雀躍地道：「終於在我有生之年，有機會遇上一個會穿越時空的人了！今天真值得紀念。可惜在座都是少年人，不能喝酒，否則我會開香檳和大家慶祝！」

「高先生，不如——」男護士霍金怯怯地道：「我們返回正題吧！」

「好的好的！我們談回正題。」高先生收斂起笑容，道：「剛才說到，張小柔和趙巧巧妹妹來到我們的時空，因跟蹤早前那13B小巴司機而輾轉到了我們醫院。我們其中一個男護士霍金竟然認得她倆，而上次送失去知覺的她倆來醫院的，就正是那小巴司機。我們不清楚究竟他用什麼方法，把二〇一七年的小巴和乘客連人帶車帶到我們二〇三〇年的時空，送到我們的醫院來。」

「奇怪的是，我們的護士長潘桂林竟然要求幾名男護士在停車場接人，把她們送進醫院的B1，而並非如其他病人般經正門進入。我們查過記錄，根本沒有她們的任何資料，亦沒有其入院的證明。不過，霍金卻說百分百肯定是他把她倆送到B1的。」

「我之所以這樣肯定，因為張小柔左耳耳珠上有個獨特的心形胎記，左眼簾上有顆小黑痣，這兩個特徵，令我印象深刻。至於另一個女孩子——趙巧巧……我也認得她，因為……她……其實她是跟我讀同一所中學，是低我一年級的學妹！」說出真相時，霍金竟然面紅起來。

「我是你學妹?!」巧巧不可置信，「那麼巧合？我完全不知道呢！」

「雖然只是由停車場運送到B1的病房而已，而且事隔半年了，但我對這事記憶尤新。幾日後，護士長着我運送物資到B1，經過病房時，我特意望進去，看看她倆是否仍在，但已見不到她們。我和其他有份運送病人的護士談起，大家都有疑惑，但，沒有人敢問。護士長叫我們不要多管閒事，大家都怕多問會被罵，工作也會失掉。其實，在一次下班後，我跟另一個男護士杜百談及此事，他的推測跟我的一樣。

「一些不法之徒和部分醫院的人員串通，用方法把人迷暈，帶到我們的時空，目的就是盜取他們的器官，售賣以謀取暴利。

「例如去年，那名富豪的兩名孫兒因遇上嚴重交通意外，一個傷及腎臟，一個傷了眼角膜，後來竟然在短短三天便趕及找到適合的器官做移植，現在已可以如常生活了。還有那個天王巨星的妹妹，因有細菌入侵心臟，需要換心，新聞才播出三數天，便有消息指出，天王已為他妹妹找到『熱心人士』捐出家屬的心臟，而且還是與他妹妹年紀相若，大小合適的心臟。在器官捐贈嚴重短缺的今日，竟然可以在極短時間內找到合適器官，簡直是匪夷所思。所以，我們有理由懷疑，不法之徒是有計劃地從不同的時空擄拐一些『年紀適合』的人，盜用其器官，售賣給有需要人士來圖利。他們以為，只要把不同時空的人擄拐來自己的時空，便神不知鬼不覺，沒有人可以追查到。

「這個是我們的推測，但暫時來說，我們苦無證據。」

「不用擔心！搜證的工作，就由我們來做吧！」刑Sir即道。

「刑Sir，你這樣說，即是認同我的推斷，是嗎？」霍金急問。

「是的！」刑Sir道，「你的推斷很合理，但當然，我要作深入調查，看看醫院內有多少人牽涉在事件裏。我也同意你的觀察，某些人的嫌疑比較大。」

十六 穿梭兩個時空的目的

下午六時許，13B的小巴總站，冷清清的沒有一個人。

終於有人走到站頭候車了，是個戴着鴨舌帽的男人。

沒多久，又有另一人走到站頭排隊。

戴鴨舌帽的男人徐徐轉頭向後，一瞧見後面的人，面容一緊，正想拔足狂奔，冷不提防後面的人把他的右手緊捉着，一扭向後。

「不要吵！我是警察，只想問你一些事，你可以安靜地跟我走嗎？」刑Sir湊近他耳畔，道。

「你要問什麼呀？我……只是個普通市民……你放過我吧！」他半掩着眼，道。

「普通市民？」刑Sir反問他。「好！我還是有問題要問問你，你就應酬我一會兒吧！如果你可以給我合理的解釋，你馬上可以離開。」

刑Sir左手搭着他的膊頭，右手緊按着他的臂膀，把他拉到附近的偏僻小巷，才放開手。

「你不要以為可以跑出巷尾逃走，因為，這兒不止我一個。」

刑Sir說畢，宋基、小柔和巧巧從巷尾出現，向他們走過來。

「又是你們！」他瞪着眼，恐懼的問道：「你們……究竟你們怎會跟着我到這兒？」

「就是因為你的緣故！」巧巧衝前，激動地道。

「不要太接近他！」刑Sir以手輕擋她。「你們只要幫忙我攔截他，其餘工作由我來做就可以了。」

刑Sir轉頭面向疑人，馬上換上一副冷冷的表情，道：「拿身分證出來吧！」

疑人怯怯的從右邊褲袋掏出錢包，把身分證遞給刑Sir。

「你叫曹源未？」刑Sir看到證上疑人的名字，按捺不住爆出一朵笑。

小柔也趕忙掩着嘴，強忍着沒有笑出聲。

「你爸爸一定是有對超敏感的耳朵，又或者你一出世便哭聲震天，他才會替你起個這樣的名字。」刑Sir頓了一頓，又道：「你把左邊褲袋的錢包也掏出來吧。」

曹源未又是一驚，呆住了。

「剛才我見到你兩邊褲袋各有一個錢包，便想到你一定是有兩張身分證，方便你在兩個不同的時空走動，對嗎？」刑Sir向他遞出手，道：「合作一點！給我看看另一張證吧！」

「我只有一張證！」曹源未口裏堅持，但一雙在震顫的手卻出賣了他。

刑Sir沒好氣地跟他道：「快把另一錢包拿出來吧！不要浪費大家時間！」

不出所料，這張身分證是二〇〇四年發出的，是舊證。
而這一張呢，是二〇二一年發出的。
更換新智能身分證時，舊證該會被入境處職員收起，
為何你會有兩張身分證？
剛才你還跟我一味
不！
是我換新證時，職員忘記了收我的舊證罷了！
我以為自己可以保留着！
忘記了？怎有可能呢？
你快老實告訴我，你穿梭兩個時空的目的是什麼？
什麼穿梭時空呀？
我不明白你意思啊！
我不妨老實跟你說，
護士長潘桂林已經把事件和你們的合作關係向我和

曹源未垂着頭想了想，無可奈何地把錢包拿出，遞給他。

「不出所料，這張身分證是二〇〇四年發出的，是舊證。而這一張呢，是二〇二一年發出的。更換新智能身分證時，舊證該會被入境處職員收起，為何你會有兩張身分證？剛才你還跟我一味說你只有一張證，分明說謊！」刑Sir扯高嗓門，道。

「不！是我換新證時，職員忘記了收我的舊證罷了！」曹源未還砌詞狡辯。

「我以為自己可以保留着！」

「忘記了？怎有可能呢？」刑Sir道：「你快老實告訴我，你穿梭兩個時空的目的是什麼？」

「什麼穿梭時空呀？我不明白你意思啊！」他睜着眼說謊。

刑Sir鼻孔哼出一團氣，道：「我不妨老實跟你說，護士長潘桂林已經把事件和你們的合作關係向我和盤托出，認了罪，把你也供了出來。」

曹源未聽了，整個人發軟似的跌坐到地上去。

「我……與我無關的！我只是被動去做……做他們要我做的事！我沒……沒有份策劃的……我只不過做運輸而已，完全……不知道他們怎樣設計的……我只是個小人物，被利用而已！我收的錢少之又少，只是為兩餐……為生活……我不是存心要害人的……」

十七 超光速推進器

「怎樣呢，刑Sir？」

刑Sir從問話室出來，小柔等馬上上前問個究竟。

「曹源未相信我的話，以為護士長向警方供了他出來，剛才已招認了一切。

原來他只是個普通的小巴司機，因為嗜賭欠債，在向一所財務公司借錢時，其中一個職員暗地向他提議一個『搵快錢』的機會，他要做的事就是在指定的時間和地點當13B小巴司機，接載乘客。小巴上有另一『同事』會進行他的工作。曹源未就只是把小巴駛到總站，停下，並幫忙把一些乘客送到指定的地方。每次完成工作，他跟指示回去二〇一七年，便會收到酬勞。他只知道，他的『同事』會在小巴上進行『工作』，他繼而把暈倒的乘客送到指定地點，即你們到過的單位，或

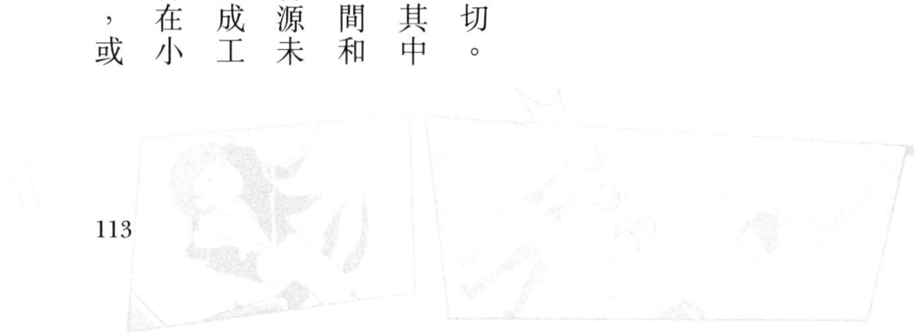

那所醫院的停車場，由接應的人送到B1病房。有時他也要負責把仍然失去知覺的病人由二〇三〇年送回二〇一七年，選一個僻靜的地方，乘人不覺便把乘客放置在那兒。護士長潘桂林是唯一一個經常『合作』的『同事』，但，曹源未只知道她的名字，她負責的工作和運送病人穿梭時空的目的，他一概不知。」

「不知道?!他是個成年人啊！連宋基都想到，怎麼他會不知道?我覺得他在撒謊，扮無知！」巧巧怒道。

「我查問過，曹源未只有小學程度，學識和理解能力都不高，他並沒有犯罪記錄，連一張『牛肉乾』也沒有，今次是初犯。剛才他在裏面嚇得哭起來，我看他這副樣子，有理由相信他是不知道自己犯事的嚴重性。他駕駛的小巴是如何穿越到另一時空，他完全不知道。對方跟他說，照足指引做，無論車外天氣、環境有何改變，都要前進，不能停下來，直至到達小巴總站。」

「那即是，曹源未只是受僱去當『穿越時空小巴』的司機，至於小巴是如何穿越的，他不清楚。」宋基總結道。

「對。」刑Sir道。

「迷暈我們，令我們失去知覺的，是車上另一同黨。」小柔喃喃地道：「我相信他們是根據『客戶』所需來選取一些年齡適合的乘客。他們選擇迷暈那小男孩雨津，該是因為有客戶需要小朋友的器官吧。啊！順便問問，雨津是否已交由你們看管呢？」

「是的！剛才霍金已把雨津送來給我們，現在暫由一女警看顧着。我也查過，雨津在我們這個時空，是個二十歲的大學生了。他——該是二〇一七年的人。一會兒你們回去，請把他也帶走，交給警方，我相信他是失蹤人口，他的父母一定擔憂不已。」刑Sir提出這個請求。

「當然沒問題！刑Sir，你就把他交給我們吧！」宋基道。

「刑Sir，曹源未有否說過，直至目前為止，他運送過多少名乘客到醫院？」

小柔幽幽地問。

「他說沒有統計過，但由去年六月至今，他粗略估計有十四至十六名左右。」刑Sir回道。

「當中有多少是之後被送回去自己時空的呢？」小柔按着心房，怯怯地問道。

「他說，不出十名。他說，可能是由其他小巴司機送回去。因為穿越時空的小巴司機不止他一人。」刑Sir道。

「如果當中有乘客的心臟被盜取售賣，他根本沒可能活着被送回二〇一七年吧？」小柔皺着眉道。

刑Sir歎了口氣，道：「這件案件，我們要花頗多時間搜證，牽涉的人為數會很多，犯案者除了壞心腸的醫護人員，還一定有些無良的科學家。」

「刑Sir，其實，我是來自二〇四七年的。在我的時空，有人聲稱已成功研製曲速引擎——」宋基道。

「不好意思！什麼是曲速引擎？我太孤陋寡聞了！」巧巧打斷他的話，問道。

「曲速引擎是一種超光速推進器，裝在宇宙飛船上，便可以進行時光旅行。我亦聽過這樣的傳聞：有隱世科學家已研究出可以令蟲洞穩定下來的奇異物質，令隨時坍塌的蟲洞安全度提升，使人類能夠穿越它。不過，這些都只是未能證實的傳聞。但，當我自己和小柔、巧巧一起經歷坐小巴成功穿越時空，我才驚覺，原來傳聞是真的。只是，研究成功的人居然選擇以此來幹犯法的勾當，實在令人心寒！」宋基咬牙切齒地道。

「我想到另一可能性——成功研究出穿越方法或儀器的科學家，未及公開成果，已不幸給人盜取了研究結果！」小柔提出了這個可能。

「小柔的話也有可能！」巧巧點點頭道：「這個世界，為錢而幹出違背良心的事，大有人在。」

這時，刑Sir的手機響起了，他馬上接聽。

「是嗎……那麼，儘快取得她的近照，發放給電視台及各大傳媒，讓全城幫忙尋人吧……」

刑Sir掛線後，跟他們交代了一下：「我們警方遲了一步，讓護士長潘桂林逃跑了！全所醫院都沒有她的蹤影，她的家又沒有人。不過，我們會全力追查她的下落，我有信心一定可以搜捕到她。你們三人還是不要在這兒久留了，早點帶雨津回去你們的時空吧，免得你們的家人找不着你們，惶恐不安！」

「我已沒有緊張我的家人了。」巧巧嘟着嘴道。

「就算你沒有家人，但仍然有兒童之家的家長等着你回家！」刑Sir跟她道。

「哎——我爸媽還以為我去了接你到我們家吃晚飯呢！」宋基省起了這件事，急道。

「對啊！你爸媽和家姐都在家裏等我們，今天還會是我第一次拜候他們啊！」小柔也記起了，比宋基更焦急。「不如我們現在就回去吧！」

「等等！我先帶你們去見雨津，你替我把他帶回去你們的時空，再把他交給警方或他的家長便行了。」刑Sir轉頭問宋基，「你可以獨自帶幾個人穿越時空嗎？」

「可以的！包在我身上吧！」宋基微笑道：「至於破案的重任，就落在刑Sir你身上了！」

「放心！我對自己的能力極有信心。」刑Sir拍拍他的肩膊，回了個笑。「破案是指日可待的！」

十八 神秘的來電

「雨津，你可以張開眼睛了！」小柔輕撫雨津的臉蛋，溫柔地道。

雨津怯怯的睜開眼，看見面前的竟是自己熟悉的屋邨公園，興奮得大叫起來。

「嘩！我終於回到家了！」雨津拉着他們的手，蹦跳起來。

「宋基，我們這麼多次穿越，要數這次穿越的降落點最是準確！值得一讚。」小柔衷心讚賞宋基道。

「我會盡量力臻完美的了！」宋基笑道。

「來吧！我們送你回家！」巧巧拖着雨津，道。

「好！我介紹你們給我爸媽認識吧！」雨津道。

「雨津，我們打算只送你到家門口，望着你安全進去，便會離開了。」小柔走到他面，停下來，認真地跟他道。

「你們不想見我爸媽？」雨津不解，問道。

「不！只是，我們的爸媽也等着我們

回家，所以，將來有機會再見吧！」小柔回道。

* * *

三人躲在樓梯轉角，待聽到雨津的家人看到他平安回家，喜極而泣的聲音，三人便悄悄離去，以免給人家捉着查詢尋獲雨津的經過，這只會越問越麻煩，疑點越多。

「巧巧，現在我們送你回家吧！」宋基道。

「你們把我送回這時空，我已經感激萬分了！我已不是小學生，可以自行回家的，不用你們做保姆了！」巧巧笑道。「你們只是比我大一、兩年，未夠資格當家長！」

「你有足夠的車資回家嗎？」小柔認真地問道。

「有！真的不用擔心我。」巧巧拉着小柔的手道：「謝謝你們的幫忙，讓我解開了心中的謎。雖然，幕後主腦是誰，仍未查出，但，至少我知道我那天的失憶是怎麼一回事，今晚該不會失眠了！」

「是我要感激你才是！若不是你發現曹源未，並勇敢地跟蹤他，我們便不會有今天的共同經歷了。」小柔道。

「宋基哥哥，」巧巧轉而跟宋基道：「謝謝你陪同我們、保護我們！沒有你，我們或許會永遠留在二〇三〇年的時空。在你的帶領下做了一次時間旅行者，真是畢生難忘！」

「不用客氣！我只是做我該做的事而已。」

目送巧巧登上歸家的巴士後，宋基跟小柔道：「終於剩下我倆了。」

「嗯。」小柔微微點了點頭，道。

「你——準備好跟我回家，見我爸媽沒有？」宋基問道。

在她正要回應時，她的手機響起來了。

小柔把手機掏出，一看見來電顯示的名字，陡地一驚。

「是誰找你呀！你爸爸？」宋基問。

小柔把手機遞給他看，他也急起來，道：「你還不趕快接聽？」

她作了一個深呼吸，在手機上按了一下，電話接通了。

君比・閱讀廊

漫畫少女偵探⑤

神秘的 13B 小巴

作　者：君比
繪　圖：步葵
策　劃：甄艷慈
責任編輯：周詩韵
美術設計：何宙樺
出　版：山邊出版社有限公司
香港英皇道499號北角工業大廈18樓
電話：（852）2138 7998
傳真：（852）2597 4003
網址：http://www.sunya.com.hk
電郵：marketing@sunya.com.hk
發　行：香港聯合書刊物流有限公司
香港新界大埔汀麗路36號中華商務印刷大廈3字樓
電話：（852）2150 2100　傳真：（852）2407 3062
電郵：info@suplogistics.com.hk
印　刷：中華商務彩色印刷有限公司
香港新界大埔汀麗路36號

二〇一七年七月初版
二〇一八年一月第二次印刷

ISBN: 978-962-923-448-5

18/F, North Point Industrial Building, 499 King's Road, Hong Kong
Published and printed in Hong Kong